붉게 울었던 적 있다

천년의시 0168

붉게 울었던 적 있다

1판 1쇄 펴낸날 2025년 4월 10일
지은이 류미숙
펴낸이 이재무
기획위원 김춘식, 유성호, 이형권, 임지연, 차성환, 홍용희
책임편집 이호석
편집디자인 김지웅, 정영아
펴낸곳 (주)천년의시작
등록번호 제301-2012-033호
등록일자 2006년 1월 10일
주소 (03132) 서울시 종로구 삼일대로32길 36 운현신화타워 502호
전화 02-723-8668
팩스 02-723-8630
블로그 blog.naver.com/poemsijak
이메일 poemsijak@hanmail.net

류미숙ⓒ, 2025, printed in Seoul, Korea

ISBN 978-89-6021-803-1
        978-89-6021-105-6 04810(세트)

값 11,000원

붉게 울었던 적 있다

류미숙 시집

천년의 시작

시인의 말

몸이 크게 아팠다.

헝클어진 마음을 가지런히 펴려고
천천히 걷고 또 걷는다.

투병하면서 메모했고 그 습작의 과정이
한 움큼의 독한 약보다 나를 더 다스리고 있다.

이 시집은 일련의 힘든 과정을 잘 이겨낸
나를 위한 치유의 선물이다.

차 례

시인의 말

제1부

제1부

천년의 사랑

– 단양 고수동굴

음산한 분위기
머리칼이 쭈뼛 선다
눈 앞에 펼쳐진 지하 궁전
석회암이 녹아 솟아올라 석순
천장에 매달린 종유석
석순과 종유석이 만나
듬직한 기둥이 된 석주
석순과 종유석이 만나는데
걸리는 시간 천년이라지
닿을 듯 말 듯한 사랑
너와 나
억겁億劫 지나 다시 만날까

목천포 장롱

폐가의 옹이 박힌 은행나무 아래
버려진 대여섯 자 장롱

구안와사 환자처럼
뒤틀린 입으로 창고 임대 100평
현수막을 물고 서 있다

버려진 저에게 한때
환하게 웃던 해의 시절 있었겠다

말끔했던 양복도 품었을 테고
애지중지 여겼던 알반지
은밀하게 품고 행복했을 것이다

서글서글 웃던 눈도
생글생글 입도 틀어진
장롱처럼 옛이야기이다

옹이진 마음으로
마디만 굵어 끼지 못하는

알반지만큼 먹먹한 것이다

대봉시

책상 위에
줄 세워 올려놓았다
전남 구례
경북 의성
태생은 달라도
즈그끼리 정겹다
호남과 영남
대립 구도
피 터지게 줄 세워도
니들은 그냥 감일 뿐,

붙박이별들의 여름밤

해거름의 너붓너붓 둔치에서
꼴 뜯던 누렁소
아버지보다 먼저 집으로 왔다

울 어머니 바투
콩밭 고랑에 심은 열무 뽑아
된장 겉절이 한 양푼 뚝딱 해냈다
박꽃 피어나고 마당 가 모깃불,
덕석 깔고 빙 둘러앉아
낭해죽* 먹을 때

씨앗머리 언니의 동생
봉숭아 꽃물들이며 도란거리고
붙박이별 하품에
여름밤은 깊었다

* 낭해죽 : 팥을 끓인 물에 칼국수를 넣고 끓인 죽

콩나물을 다듬으며

햇살 드는 창가에 앉아
콩나물을 다듬는다

북부 장날 가난한 좌판 연 끝순 할머니 골판지처럼 깊게
파인 주름과
마른 논같이 쩍쩍 갈라진 손, 봉지 여는 것조차 힘겹다 덤
도 주셨지
마수라며 환하게 웃으며,

엄마, 우리 엄마

뭣 하려고 자식은 아홉씩 낳아
두 명 먼저 보내고 남은 자식
입성 걱정 가르칠 걱정,

며느리 눈치 보느라
뽀글 파마 빨간 입술 관광차 한 번 못 타보고
어찌 가셨을까

댕강 고리를 잘라도 소리조차 없는

문득 엄마 생각에 뜨거워진다

카센터 김 씨

중학교 졸업하고 객지 생활 시작했다는 그
끼니 굶는 게 무서워 닥치는 대로 일 했다지
얻어터져 가며 배운 기술로
밥 굶는 일 없으니 기를 쓰고 버텼다지
하나둘씩 늘어나는 통장 보는 재미에 배고픔도 잊었다지
익산대로 이백 평 남짓에
터 잡고 살게 되었다고 무심한 듯 흘리던 그
생의 전환점, 환갑 지나 큰 놈이
빈손 지고 아비 그늘로 왔을 때
어깨 짓누른 가장의 무게에서 벗어나고 싶다가도
삐걱대는 관절을 어르고 달래도 봤다지
그래도 일손은 안 잡혀 사나흘 겉돌다가
묵혀둔 낚시가방 메고 성당포구 찾았다지
연신 줄담배 뻐금거려도 미동조차 없는 찌
밤 포구, 적요寂寥에 묻힐 즈음
반딧불이 날아올라 낚시는 하는 둥 마는 둥
밤의 행간을 가르고 터덜터덜,

털보 아재

가이스카 향나무
뽑힌 자리에 편백으로 만든
흔들 그네와 벤치가 놓였다

겨울 남천보다 더 붉은 얼굴
털보 아재 솜씨다

짜리몽땅, 드르륵 탁탁
아이들 쉼터 쌍둥이 책걸상도 뚝딱
생김새와는 달리 솜씨가 좋았다

어쩌면 이렇게 손새주가 좋으세요
건넨 인사치레에

내가 말이요 알아주는 목수랑께요 전라도 어디 사찰 일주
문도 내 솜씨 고라
내가 지은 정자만 해도 수백 채가 넘을 것이 고만이라

자화자찬 쉴 틈 없을 때
그의 턱수염이 휘장처럼 펄럭였다

무게

분리수거 가는 길
엘리베이터 앞에서
딱 마주친 오 층 사내
고단한 콧김이 길다
멋쩍은 듯
돌아서는 등에
가파른 저녁 길 하나
황망한 그 사내
오늘 밤
불면의 언덕
하나 지고 자겠다

달빛 그렁한

술에 절여 사는
그늘이 죽기보다 싫었다는 그녀
들이대는 사내와 생각 없이 살림 차렸다

첫애 돌 무렵
갑자기 아버님 돌아가시자
사람 잘못 들어왔다고 억지 소리하는
등쌀 피해
월세방으로 저금 났단다

사내는 집 밖으로 돌고
애 울음에 도끼눈 뜨는 집주인 피해
뙤약볕 골목길 서성였단다

슬리퍼에 어둠이 질척이면
울다 지친 아기는 잠이 들고
기울어진 달이 그렁했단다

그녀 등으로
밤새 파도만 철썩였단다

진안 폐차장에서

화장 순서를 기다리는
주검들이 켜켜이 쌓여있다
먼 길 달리고 뛰었을 네 다리,
부르텄다
멈춰 선 속도계 위에
비듬처럼 내려앉은 먼지의 무게
어떤 이는 눈을 내주고
어떤 이는 살을 내주고
어떤 이는 심장까지 도려낸
배춧잎 한 장도 망설였을 가장들이
압축기에 눌려 고철이 되었다
고단한 생 살다가
아낌없이 주고 가는 길

노을만 붉다

붉게 울었던 적 있다

비에 젖은 채 밟힌 꽃

누군가
하트를 만들어 놓고 갔다

버림받은 사랑이다

동백꽃 터지는 그곳

봄 비암은 괜찮다

삼 부잣집 돌담 지나 함라산
칠목재 오르는 길섶에 망개나무

언니들은 고동 잡으러 가고
심심한 나는 망개 따러 뒷산에 갔다
엄마가 만들어준 빨간 호박단 치마에
망개 싸서 내려오다
비암한테 물렸다
푸르딩딩 먹지도 못할 고것
확 쏟아버리고 후딱 집으로 갈걸
목걸이 만들 욕심을 버리지 못했다
망개 몇 알 들어있는 치마 붙들고
굴뚝 옆에 쪼그리고 앉아 있는데
들일 갔다 오신 아버지
아야 왜 그냐
비암한테 물렸어라
재빨리 허리끈 풀어내 장딴지 묶고 피 빨아낸 아버지,
봄 비암은 독이 안 차 괜찮다
꾹 참았던 눈물이 망개와 함께 와르르 쏟아졌다

칠목재에 걸터앉아 있으려니
환청처럼 들려온 아버지 음성,

봄 비암은 괜찮다

망치질하는 여자

결 고운 원목만 보면
무엇을 새겨 넣을까 생각부터 한다는 그녀
지독한 가난으로 한때 보육시설에 맡겨졌단다
아버지가 매혈한 돈으로 연탄도 사고
봉지 쌀도 사 왔다며 어깨를 들썩이던 그녀
악착같이 공부해 교사가 되었단다
애 둘 낳았지만
속 못 차리는 남자 때문에 손목을 그었단다
오랜 병원 생활로 사직서를 냈다며
덤덤하게 털어놓던 그녀, 죽었다 살아났어도
남자는 여전히 한량이단다
살길 막막해 책 외판원도 해보고
닥치는 대로 밥벌이하다가
그래도 교사가 낫다 싶어 5년 만에
재임용에 도전했단다
자기만의 철학을 가지고
교장 자리까지 올라왔다며 소주잔을 털던,
오는 생일날엔 스스로 잔치 하겠단다
퇴직 앞두고 버킷리스트 목록 정해놓고
하나씩 성취해 가는 재미도 쏠쏠하단다

그녀, 톡톡 시간을 망치질하고 있다

단호박

그늘진 곳에 두고
잊고 지내다가
문득 생각나서 보니
눈물 질질 흘리고 있다
사춘기 때 엄마 여의고
밤낮 울던 막냇동생처럼,

장애 이해 교육

지적장애 기타리스트
김지희 씨가 희망을 전하러 왔다

호기심 가득한 아이들도
그녀를 소개한 목소리도
우리 모두 목울음을 삼켰다

이름 석 자마저 더듬던 기타리스트,
여섯 줄을 자유자재로 가지고 놀았다
다들 숨죽였다

그대여 아무 걱정하지 말아요
우리 함께 노래합시다*
그녀 손놀림 따라
희망이 울려 퍼졌다

그녀가 세상 밖으로 나오는 따스한 시선이었다

* 전인권 노래 〈걱정 말아요 그대〉

바느질과 시詩

한때 퀼트에 빠져
천 조각만 보면 자르고 꿰맸다

한 땀 한 땀
시간을 바느질하다 보면
어느새 동이 트기도 했다

수십 개의 반달 파우치도
여러 마리 곰돌이도
나의 공허함을 채우지 못했다

바늘에 꿴 긴 실이
어느덧 시로 쏠려
소재 찾기 바쁜 나

시를 자르고
꿰매고 붙이면서
비로소,
공허함이 채워지기 시작했다

제2부

이팝나무꽃

바닥 흰한 쌀독

어머니 소원
하늘에 닿아
쌀밥, 고봉으로 피었다

그리움도
고봉으로 피었다

방아깨비의 가르침

연못가에 앉았다

꽃봉오리 잠긴 수련
엄지손톱만큼 자란 우렁이
수초 사이 금붕어

분수는 어젯밤 설친 잠처럼
비실댄다

차 한 모금 마시려던 순간
방아깨비 한 마리 찻잔 속으로 들어와
서둘러 쏟아냈다 살짝 건드려 보니
뒷다리에 힘주고 불끈 일어선다

바닥까지 곤두박질쳐
삶의 끄나풀 놓고 싶을 때 있었다

방아깨비가 자신이 있게 살라며
폴짝, 풀숲 새로 사라졌다

제라늄

가을도 꾸벅꾸벅
졸고 있는 오후

터지는 하품을
끌고 밖으로 나선다

허리 굽은 노파
아까부터 휘청이고

화초랑 푸성귀가 잘 자랐네요

요것도 사람하고 같지라 사랑을 먹고 삽지라
그런디 뉘시라 도규애비 갑째기 가불고 나가 정신이 한 개
도 없소

순간 번쩍 눈뜬 가을

제라늄, 붉은 꽃잎 뚝뚝

사의재四宜齋

조선 문예 부흥기를 이끌었고
정조대왕 신임을 받았다는 다산 정약용

정조가 죽고
당파싸움으로 조정이 혼란한 틈에
그의 일가 끔찍한 수난의 시작
강진으로 유배길 떠났다지

임금 사랑 독차지하던
총신의 자리에서 하루아침에
쑥대밭 되어버린 가문
가족과 생이별하고 대역죄인으로 내몰린
그가 머물렀던 주막 동문 매반가

조선 개혁의 상징이자
실학의 정점이었던 고독한 선각자가
18년 동안 유배 생활했던 집이라지

생각, 용모, 언어, 행동
네 가지를 바르게 한 그가

거처했다는 뜻을 담아
사의재四宜齋라 했다지

이 세상으로 유배를 온 나

다산이 황상 등 제자들과
4년 동안 머물렀다는 그곳에서
아욱국과 바지락 전 안주 삼아
시절을 한탄하며 막걸리 한잔했네

으름덩굴에 갇힌 소나무

불갑사* 가는 길에 만났다
허리가 뒤틀린 채
탈모가 시작된 이파리 몇
누군가를 밟고
올라서는 자들의 속마음을 본다
남의 일 간섭하다가 낭패 보는
어리석은 사람들처럼
배배 꼬인 마음
어쩌지 못해 생머리를 앓는다
누구는 산과 물이 되기도 하고
누구는 바람이 된다는데
으름덩굴에 갇힌 소나무가
지금의 나는 아닌지,

* 불갑사: 전남 영광군 불갑면에 있는 천년 고찰

깔깔깔 웃던 집

안맹리 오룡마을
꼭대기 집

고샅 깔끄막에서
솔가지 넣은 비료 포대
미끄럼 타다
울타리에 처박혀도 깔깔깔

아랫말 청원 아재 자빠져
아이고 대갈통 깨진다아
아버지 도끼눈 피해 실실 도망치던

눈 오는 날
생각나는 그 집

바람 속을 걷는다

뒤죽박죽 마음이
바람 속을 걷는다

허리가 꺾인 채
옆길로 새는 분수

겁에 질려
떨고 있는 팬지

참는 것도 미덕이라는
어머니 말씀

거센 바람 누구나
지나는 과정이라 여겼다

너를 피해 오늘도
바람 속을 걷는다

자꾸 엇박자인 우리

바람이 쓸고 간 자리
그러나, 초록은 깊어지겠지

북부 장날

익산 여객 100번 시내버스를 타고
봄을 사러 갔습니다
사람들이 붐비고 있었습니다
장바구니 넘치게 봄을 샀습니다
수입 콩에, 유전자 조작 콩까지 판친다는
믿을 수 없는 세상에 깊게 파인 주름과
굵은 손마디의 할머니,
엄마를 보는 것 같아
흥정 없이 메주 세 짝을 사 버렸습니다
헐값에 이것저것 넘치게 샀습니다
입안에 침 고이는 돌나물
좌판 한구석 차지하고 있던 굽은 오이
찬밥에 된장 찍어 먹으면 알싸한 풋고추
참기름 없어도 고소한 취나물
아가씨 치마 같은 꽃상추도 샀습니다
100번 시내버스를 타고 집으로 오는 길
장바구니 가득 봄이 넘쳐났습니다

가끔 목발이라도 짚어야겠다

바람과 물길 변함없는데
울퉁불퉁 세상에 서려면
가끔 목발이라도 짚어야겠다
언제부턴가 자주 허방을 짚는다
상처 일어서는 길목에서
고개 쳐드는 아집, 억지로 구겨 넣는다
몇 안 되는 인연들과
가족이란 울타리 안에서도 귀 닫고
눈 감고 살아왔다
얼마나 더 생채기 나야
제대로 설 수 있을까

공갈빵

일곱 자식 입성 걱정에
새벽 공사판에 갔다가
해거름 뿌연 먼지 뒤집어쓰고
새참으로 나온 공갈빵 품고 오셨지

뒤축 닳은 장화가
무거운 하루를 벗겨낼 때
한 입 거리도 안 될 그것에
눈독 들이던 어린 입들,

낙서장에 빼곡하게 그린
빵 탑 쌓았다 지우며
나대는 심장 다독였었지

빵 한입 베어 물다가
울컥, 검붉은 얼굴
어쩌지 못해 저리는
명치 끝 달랜다

소리의 벽

소음이 어젯밤을 삼켰다
위층일까
아래층일까,
곤두선 촉수로 생머리를 앓다가
눈을 감았다가 떴다가
몸을 엎었다 뒤집었다가 동이 튼다
아침을 열고 소리를 따라가니
노파가 콘크리트에 갇혀 웅크리고 있다
누군가 죽어가도 알지 못하는 벽
그 가늠할 수 없는 틈새
소리의 너머에서
할 수 있는 서라곤
겨우 불면을 뒤척이는 일이다

봄날

오빠는 아지랑이 따라갔다

통나무 벤치에
일곱 살 오빠가 아지랑이로 피었다

방죽 수렁에 빠져 죽은 오빠
곡기 끊은 아버지 됫병 소주만 물고 사셨다
귀주야, 내 아들 귀주야
천둥처럼 울부짖던 아버지 환갑도 못 쇠고
고향 집 툇마루에서 낮잠 주무시듯 가셨다

찢긴 몸빼 바지 산발한 머리
흙투성이 손으로 엄마는 온 산을 헤집고 다녔다
흙마루 끝에 서서 아지랑이 쫓던
엄마 따라 나도 울었다

황소 헐값에 팔고
큰아들 따라 도회로 가셨다
아랫집 주고 왔던 백구 두 마리
빈집에 와서 울다 간다는 소문이 들려오자

나 집에 갈란다 느그 아부지 우리 귀주
가차이 있는 곳에 가서 살란다
며칠을 보챘다

서리 맞은 호박잎처럼 타들어 간 엄마
용케 잘 버텨 칠순을 넘겼다
옥양목 홑청이 나비처럼 팔랑거리던 봄날
아지랑이 따라가셨다

국수

늦은 점심으로 국수를 삶는다
육수를 우려내다 오래된 기억을 건져낸다

아카시아 밥풀처럼 핀 오월
아버님 꽃상여 타고 개정재 너머 산으로 들었다
소복 위에 업힌 애 꽃 떨어지듯 울어댔다

놉 넣어 모심던 날,
새참으로 국수 삶아 오라는 어머니 호령에
아리랑 표 성냥 그어 아궁이에 불 지폈다
아까부터 애는 징징거리고
국수 가닥은 퍼지지 않고
속만 새까맣게 타들어 갔다

한 손엔 주전자, 소쿠리 머리에 이고
청각장애 아재 논배미 지나도 참샘골 논은 당당 멀었다
줄줄 흘러내리는 애 고쳐 업기 여러 번
늦게 왔다고 지청구하는 어머니
나는 우는 애 어르며 먼 산만 바라봤다

갓난쟁이 데리고 애썼구먼,
편들어 주신 동네 아짐 불어 터진 국수를 퍼 담았다
눈치 빠른 아짐이 냉큼 버들가지 끊어와
요것으로 먹어도 됭께 머시라 마씨요 성

울보였던 큰 애는 엄마가 되어
국수 가닥 같은 옛이야기 더듬다가,

동충리 271-1번지

헐벗은 노송나무 우듬지가
허공에 치켜든 둥지

남원 동충리 271-1번지
주인집 아래채
방 한 칸 부엌 한 칸

나도 너처럼
옹색하게 살았던 때 있었지
사연 많던 그곳,

순실네 마당 평상에 둘러앉아
한 개 완성하면 5원 쳐주는
부품 조립했지
탱자나무집 집배원
영자 아버지가 사다 준
풀빵 수다보다 맛있었지

화물차 운전하던 철이네
사고로 남편 죽자

보험금만 챙기고 다섯 살
시댁에 놓고 자취를 감췄다지

벌받을 것이라고
목청을 높였던 미림네도
나처럼 흰머리 늘었겠지
아픈 데 없이 늙고 있으려나

이런저런 기억을
타박타박 신고 가는 길

느그 아부지 미워 마라

선바위 모퉁이 돌던 날 아버지
막걸릿잔 기울이고 있었다

처마 끝 고드름 지들끼리 두런댈 때
마음 키 먼저 자란 촌뜨기
주파수도 잘 잡히지 않는 라디오를 친구삼았다

비틀걸음으로 고샅 오른 아버지
자전거 부리고 외양간으로 들었다
물에 빠져 죽은 아들 부르듯 소를 찾았다

백구란 놈이 가끔 아버지 신발을 물어뜯었다
말짓거리 한 그놈 부지깽이로 쫓던 엄마

느그 아부지 어질고 정 많은 사람인디
생때같은 아들 먼저 보내고 노상 술이다
그래도 느그는 아부지 미워하면 못 쓴다

귀에 딱지 앉게 들었던 말
느그 아부지 미워 마라

일곱 살이 서성이네

실내화 주머니가
골목을 끌고 다녀도

엄마,
퇴근 시간 당당 멀었네

초등학교 앞
명랑 분식점
마한 문구 오락기
방방 놀이터
어둠이 문 닫았네

안심 알림이도
등 뒤에서 서성거렸네

제3부

꼬마 시인

영하의 아침
다섯 살이
킥보드 타고 어린이집으로 간다

엉뚱발랄해서
가족들 철렁하게 할 때 있지만
매운 김치찌개에 밥 말아 먹는 녀석
사랑받는 법 스스로 터득했다

금마 저수지
윤슬 보고는 해님 놀러 와
물 위에서 춤춘다는 그 녀석
네가 시인이다

어미 새

어디선가 자지러질 듯한 울음
소리를 따라가니 처마 끝
어린 새 네 마리 목청껏 어미를 찾고 있다

산장 텃밭, 옥수수 콩밭 사이로 열무가
묵은 기억을 길어 올린다

자식들 입에 먹을 것
들어가는 것만 봐도 배부르다던
어머니 아버지 험한 일 마다하지 않았다

해거름에 오신 어머니
푸성귀 뽑아 저녁 준비로 부산하고
외양간에 든 아버지 황소와 두런거릴 때
마당 가 박꽃은 솜털처럼 피어났다

오봉 밥상에 둘러앉아 숟가락질도, 달도 환했다

차린 음식 맛나게 먹는
아이들을 보고 있으면 함박웃음이 핀다

어미 새도 새끼 입에 먹을 것 들어갈 때
날갯짓 힘차다

부모는 다 그렇다

조기 매운탕

통통한 조기 네 마리
천호산에서 꺾어온 고사리 넣고 끓인다
무 양파 생강 양념 넣고 자박자박 끓인다
한없이 늦는 그
또 그놈의 술 약속 생겼나
신경 써서 준비하면 꼭 사달 난다
데우고 또 데웠더니
국물보다 내 마음이 바짝 졸았다
냄비 속에서
조기가 눈을 부라리고 있다

벌초

보절 당산나무 아래 양촌슈퍼
생수 한 통, 에프킬라 사 들고
서당마을 시부모님 산소로 간다
오 남매 중 막내인 그
오매 고사리밭이 되어 버렸구먼
짙은 눈썹 아래 흔들리던 눈동자 비켜
그러게, 고사리 천지네
손목 보호대랑 목 수건도 둘러야지요
대답 없이 주변 둘러보던 그
벌집 있다 조심해
태연하게 예초기 시동을 건다
기계음에 놀라
황급히 달아나는 풀 여치
잠깐 갈퀴질도 버거운데
땀인지 눈물인지 젖어버린 그
담배 한 개비 물고 허공을 본다
덩달아 올려다본 하늘
목화 구름 환하다

딸아, 날이 차다

오랜 기다림 끝
내게로 찾아온 너
바쁜 일터 막달까지 버티다가
삼복더위 진통 끝에
품에 안고 가슴 벅찼지

크고 작은 기쁨 안겨주며
고1 때부터 객지 생활
벌써 십 년이 넘었구나

한나절 장만한 보따리
새벽 기차 태워 보내고
빈방, 네 잠옷 만지작거린다

무수한 별 중에
내 자식으로 돋아
이 가슴 뜨겁게 하는지
손님처럼 네가 왔다 가면
마음 자꾸 서성거린다

귀신사歸信寺*에서

비 오는 날
데이트 길 나서자 하네
삼 층 석탑 탑돌이
팽나무 등걸에 두 귀 쫑긋한 버섯
혼자만의 중얼거림 눈치챘나
스님의 목탁 소리만큼이나
오랜 시간 곁을 지켰을
옹이진 팽나무 하늘을 훔치네
모악산 솔개봉 향해
엎드린 사자상 위 남근석은
나쁜 기운 누르기 위한 상징이라지

여보, 우리
저거 한번 만져보고 갑시다

* 귀신사 : 전북 김제시 금산면에 있는 사찰

박 주사의 난

그보다 삼일 먼저
들어온 난

진품명품 상감청자도 아닌 것이
한지 옷 차려입고
잘록한 허리춤에 이름표까지 달았다

한 달포쯤 분위기 몰이꾼이었나
천성인 양 매사가 느림의 미학
너도나도 한숨인데 잎사귀마다
그의 재롱이 켜켜이 쌓였다

일하다 말고 담배 피우러 나가고
오지랖에 시시콜콜 참견이더니
어느 날부터 난이랑 도란거린다

촉촉한 눈길 통했나
살찐 꽃대 올려 벙근 꽃송이
사무실 가득 난 향기 넘쳐난다

동창회

잊히지 않은 기억
불러내는 일이 이렇게 허기진 일인가
그리운 것 모두 캐내야 하는데,
팔자주름 깊어도
순수의 이름으로 불러도 되겠는가
뜨거운 손 잡고
목청껏 소리치며 보듬을 수 있겠는가
우리 잠시 웃을 수 있겠는가

봉숭아 꽃물

엄마,
일곱 살 조카랑 소꿉놀이하다가
토라져 한동안 말을 안 하신다

일 년에 두어 번
친정집 대문 들어서
엄마, 부르면
거동 불편하신 발보다 가슴이 먼저 달려왔다

내 손 부여잡은 엄마
금세 눈물 한 줌 쏟아내고
어찌할 줄 모른 나는 맥없이 하늘만 봤다

집으로 오는 길
꼭 쥐어 준 검정 비닐
봉숭아꽃이다

딸애 손톱에 꽃물 들이며
내 손톱에 붉게 엄마를 들였다

까마귀 이야기

햇살 좋아
산책길 나서니 오합지졸 까마귀 떼
삼족오 태양산으로 숭배되었다는 설은
고구려 고분벽화 속에 숨어 있다
태화강 변 십리대숲에서는
환상적인 군무로 사람들 불러 축제도 벌인다지
도구를 사용할 줄 알고 기억력도 좋아
특정 장소나 사람도 기억한다지
믿기지 않지만
도심까지 영역을 넓혀 인간들과 공존하는
놀라운 적응력을 가진 까마귀 떼
속도 음흉하고 악의 상징이라며
까마귀 싸우는 골에
가지 말라던 어머니 말씀이
그들 무리 틈에서 날고 있다

노모의 텃밭

그녀가 쓰러졌다

쪽파 씨 파종해 놓고 사달 났다
몸이 그 지경인데 텃밭 걱정뿐이다
여간해선 감정을 드러내지 않던 그녀가 허공을 본다

마지못해 그곳에 가니
아무짝에도 쓸모없는 노모의 근심이 무성하게 자라
꼼짝없이 한나절을 갇혔다

처녀 몸으로
애 둘 딸린 이에게 시집와
층층시하 시집살이
폐병으로 남편 잃고
여섯 자식 먹이느라 환갑도 안 돼
허리가 땅 닿듯 굽었다
휜 손가락 갈퀴처럼
텃밭 부리다 병이 도진 구순의 노모

쪽파 몇 뿌리 씻어

소쿠리에 건지며 먹먹했다

칠봉이

심술이 길었던 아랫집 칠봉이
실개천 길목에
띠꾸리 묶어 놓고 몰래 숨어 있다
여자애들 걸려 자빠지면
온몸으로 낄낄대던 놈
우르르 쫓아가면
잡힐 듯 말 듯 도망치던 놈
쇠똥 묻은 넓적다리에 파리 떼 앉으면
꼬리를 찰싹이던 황소처럼
그러려니 여기다 가도
명치끝까지 심호흡했지
지천명 고개 넘어
이순이 코 앞인데 그놈
그때처럼 엉뚱하진 않겠지
들려오는 소문에
긴 생머리 홈드레스가
된장 뚝배기 끓여놓고 그를 맞이한다던데
콧물 줄줄 심술쟁이 그놈
장가는 잘 갔네

완행버스

아홉 살 때 처음
아버지 따라 버스를 탔다

스톱 오라이 외치던 차장 언니
껌 씹어가며 사정없이 밀어붙여
아버지 옷깃을 놓쳤다
버스가 멈출 때마다
심장은 벌렁벌렁
찔끔, 소변도 지렸다

순용재 넘어 보나리 즈음
두 눈 질근 감고
아부지 내려요 안 내려요
여기저기 터진 웃음소리
홍당무 된 아홉 살
느그 아부지 저기 기싱게 걱정허지 말고 있끄라

흙먼지 폴폴 날리던 신작로 완행버스도
먼 곳으로 이주하신 아버지도
기억 저편에 아련하다

대아 수목원

가래나무

꽝꽝나무꽃댕강나무누리장나무

구상나무국수나무가막살나무산딸나무등나무

대팻집나무때죽나무노린재나무먼나무물들메나무말채나무

자작나무다정큼나무박채나무노각나무호랑가시나무참나무

아왜나무윤노리나무화살나무작살나무팥배나무쥐똥나무

까마귀밥나무화회나무층층나무소사나무오리나무

명자나무이팝나무가래나무피나무비자나무

가시오갈피나무너도밤나무

병꽃나무굴거리나무

청

괴

불

나

무

타면서 꽝꽝 소리를 낸다고 하여 꽝꽝나무

마른 후에도 갈라지지 않아

대팻집을 만드는 데서 유래되었다는 대팻집나무

오자마자 가라고 하는 가래나무

먼나무가 뭐야라고 말장난하고 싶어지는 먼나무

친구가 부르면 아 왜라고 투정하고 싶은 아왜나무

검고 둥근 열매가 쥐똥 같다 하여 쥐똥나무

누군가를 사랑하는 일도

자세히 보는 것에서 비롯된다

변산

하루에도
몇 번씩 마음이 가는 곳
부안군 진서면 청자로
호박과 신사 토속음식점
별미 밥상으로 허기를 채운다
작당 21에서 작당하다가
솔섬 훤히 보이는 바람 섬에서
외간 남자와 일탈도 꿈꾸며
내소사 전나무 숲길에
마음을 가지런히 편다
수백 년 느티나무 뒤
단청 벗은 대웅전
못 한 개 치지 않은 꽃살문에서
비로소 고요해진다

어머니의 절굿공이

이삿짐 꾸릴 때
내놓으려다 챙겨 왔다

믹서기에 드르륵 갈려다 말고
마늘씨 통에 넣고
가슴팍 치듯 쿵쿵 절굿공이질 한다

고단한 숨이 으깨어진다
박박 긁어도 비명조차 없는
너는 어머니다

어깃장 놓고 깐족대던 여럿
다스리던 나날 있었다

끓어오르는 화를
절굿공이질 했다고 이제는 말할 수 있다

제4부

병실에서

한번 생채기 난 마음
아이의 재롱에도 아물지 못해
사흘을 꼬박 앓았다

꽁꽁 싸둔 근심 보따리
고스란히 병실로 데리고 왔다

하얀 벽이 섬뜩하다
오장육부 자극하는 나프탈렌 냄새
사정없이 혈관 찾아 찔러댄 주삿바늘
미간을 찡그려도 소용없다

내 꿈에 딴죽 거는 물질이
한 방울씩 몸을 파고들었다

아픔이 아프다고 한 건데

졸지에 유방암 환자가 됐다
가족력도 없고 정기 검진도 받았는데 언제 암 덩어리가 똬
리를 틀었을까
왜 하필 나야, 원망했다, 애원했다, 통곡했다,

밤새 칠흑을 올랐을 그가 지리산 천왕봉天王峯 표지석 앞
에서 펼친 현수막
'하나뿐인 당신! 류미숙 힘내라'
그래, 든든한 뒷배가 있다
파란만장도 꿋꿋하게 이겨 냈는데
이깟 암세포에 지면 되나
암만, 가족이 있는데 이겨 내야지

우격다짐으로 쑤셔 넣는 케모포트* 삽입술
아프다, 아프다고 절규하니 가만히 있으라고 한다
우라질, 아픔이 아프다고 한 건데

* 케모포트 : 항암 치료제를 중심 정맥에 투여하는데 사용되는 중심 정
  맥관의 일종

엄마, 내 곁에 오래 있어 줄 거지

약촌 오거리 지나
공단 근처 실로암 장례식장

벌이 시원찮은 남자 만나
제 몸 돌보지 않고 일만 하다가
덜컥 큰 병에 걸린 그녀

자식 밟혀 어찌 눈 감았을까
영정 속 그녀, 덧없이 웃고 있다

조화 대여섯
아까부터 휘청거리고 머뭇거리는 딸애는
금방 울음보 터질 것 같다

망자께 예를 갖추고 돌아서는데

설익은 이파리 하나
발끝에 툭, 떨어진다

나는 삼키고 친구는 울었다

항암 부작용이 찾아왔다
발열오한두통구내염울렁거림구토식욕부진변비
주렁주렁 영양제도 매달았으나 효과가 없다
죽은 듯 누워 있다
누워있는 것조차 고역이다

거무튀튀 변해버린 손톱 입덧과는 또 다른 느글거림, 예쁜
그릇에 담긴 영양식도 그림의 떡이다 책도 한낱 종이 쪼가리
에 불과하다 어쩌자고 열꽃은 피었다가 지는지 옷을 껴입었
다가 벗었다가 큰 볼 일은 일주일째 소식이 없고 생전 경험해
보지 못한 지랄 총량의 법칙에는 대책이 없다

한 움큼씩 빠지는 머리카락,
동전 크기의 구멍들,
바리깡으로 말끔히 밀었고
나는 삼키고 친구는 울었다

하늘의 별이 될 수 없을지라도

민머리가 짝짝이 젖가슴을 훤히 드러낸 채
방사선사의 지시에 따라 누웠다
죽어도 여자가 되고 싶어서 수치스러웠다

방사선 29회
노출된 부위가 발갛게 부어올라 스치기만 해도 움찔,
처방해 준 크림을 바르고 냉찜질해도 옹색하다
항암에 비하면 수월한 편인데
인간의 마음처럼 간사한 게 없다더니,

고래가 상처를 입으면 치유하기 위해
체내에서 연고저럼 액체를 배출한단다
이 액체가 용연향龍涎香이다
값비싼 향수의 원료로도 쓰인단다

상처를 그대로 견디기보다는
극복하려고 노력하면 결국
하늘의 별이 될 수 있다는,

뒤척이다

잠 안 와
여러 생각이 꼬리를 무는 밤

어린 자식 데리고 돌아온 큰 애
젊은 시절 나처럼 손에 잡히지 않는
미래와 불안을 덮고 자겠다

곤히 잠든 어린 너
억지로 깨워 둘러업고 찬바람 맞으며
일터로 가던 내 모습도 서성이다가
자식 입성 걱정
주정꾼 아버지 치다꺼리에 한숨짓던
엄마, 나보다 더 많은 밤을 뒤척였겠다

계획대로 굴러가면 삶이 아니지
부딪혀 깨지고 터져 상처 하나쯤 남겨야지

딸아, 잘해 왔고 잘하고 있고
아픔으로 단단해질 거야

오리나무 둥치에 기대선 죽단화

울울창창 함라산 초입
괴불주머니꽃이 눈인사한다
벚꽃이파리 몇
바람에 실려 내년 봄을 기약하고
오리나무 둥치에 기대선 죽단화
노란 웃음 날린다
저것 좀 봐
한 옥타브 높은 호들갑 못 들은 척
겉옷 벗어 허리춤에 묶고 모자를 벗는다
속살 훤한 정수리에 핀 아지랑이
그을린 손이 헤싱헤싱한 머리칼을 쓸어 올린다
집에 가서 염색해 줄게
무슨, 그냥 생긴 대로 살 거여
성큼 앞서가는 그
머쓱해진 산비둘기 한 쌍이 힐끔, 난다
열꽃 핀 아이처럼 벌건 그가
가쁜 숨 흘리며 비탈을 오른다
터져 나오는 웃음 꾹 참는데
지나던 휘파람새가 휙,

북어

최저시급
9,860원
광화문 광장
노동자의 절규
일당 400만 원
황제 노역
황 모 씨 일가
그들은 모르지
나라다운 나라에서
살고 싶은 꿈
핏발 선 눈동자를

떨어진다는 것

밤마실 나온 가로수길
낙엽이 깔렸다
까불대며 앞서던 은재에게
'나뭇잎이 많이 떨어졌네' 했더니
'재들은 일 다 마치고 떨어진 거야
나무에 달린 이파리는 아직 할 일이
남아 있어서 매달려 있는 거래'
'누구한테 들었어?'
'캠프 가서 선생님께 들었지'
생사의 갈림길을 넘나들던 나
순리대로 살아가면 그만이지 싶다가
예고 없이 찾아올 죽음에 대한 공포
나는 언제쯤 할 일 다 하고
미련 없이 떨어질 수 있을까

뒷간 이야기

남산만 한 배

앞세우고 시댁으로 들어왔다

아가, 인자 저쪽에서 일 봐라

담장 후미진 곳에 구덩이 파고 그 위에 발판 두 개

임시방편 거적으로 가림막 친 곳

아래쪽에 돼지우리, 줄 잡고 나무 계단 올라

뒷일 보는 구조

낡은 변소가 신경 쓰였을 아버님

배불뚝이 며느리 전용 변소를 만들어 주었고

어머니는 못마땅한 눈치였다

몸 풀고 한참 지나

아버님 거기에 호박 모종 심었다

거름이 실해서 그런가 농사 잘되었다

허허허 웃으실 때 쥐구멍 찾고 싶던 나,

산부인과 다닐 때도

회색 두루마기 중절모가 남편 대신 앞장섰다

딸 귀한 집에서 딸 낳았다고

큰 애 이름을 달님이라 지어 주었다

어제 일만 같은 오늘은

참 닭이 밝다

벽

전설 속 소화 낭자 흡착근 의지해
마이산 암마이봉을 오르고 있다

술로 사신 아버지
그늘에서 벗어나고 싶었다
하루가 멀다고 손 편지 보낸 그와
겁대가리 없이 살림부터 차렸다
달큼했던 날 잠깐, 사방이 벽이었다

진가네 양복점 화투판 벌어지면
며칠씩 집 비운 그,
보름달같이 부푼 배로 찾아가니
사내 망신시킨다며 성깔을 부렸다

어린 딸 데리고 식당 일도 마다하지 않았다
측은하게 보던 시선쯤 사치라 여겼다
졸졸 꽁무니 쫓던 딸에게
심술 가득한 송동 할매 찬물까지 끼얹었다
속으로 이를 갈았다
천벌 받을 할매 두고 보자

그도 늙어 철들어가고 있다지만
여전히 사방이 벽인 오늘,

우물이 있던 집

열두 살이 깊은 우물에 빠졌다
두 살 터울 그놈은 우리 집 장손
다들 오냐오냐하니 고집불통으로 나를 깔봤다
사사건건 나와 맞서 쥐어박고 싶어도
혼날까 봐 울화통만 터졌다
깊은 우물,
엄마의 한숨 소리 길어지던 곳
우리에게는 최고의 놀이 장소였다
두레박을 가지고 냅다 도망치는 녀석
쫓다 포기하고 고무대야로 물 뜨다
그만 우물 속으로 빠졌다
시상에 깊은디서 어찌 살아 나왔냐,
니 명줄이 길다,
사색이 된 나를 다독이던 엄마가
어쩐 일로 녀석을 호통쳤다
속이 시원하게 팼다
맞으면서도 실실거리며 뒷걸음치던 녀석, 군대 갔다
첫 휴가 때 기타 메고 단칸방 신혼을 찾아왔다
걸걸하게 노래하다 문득
누나 왜 이리 빨리 시집갔나, 이리 사니 좋나,

학교 다닐 때 네가 내 우상이었던 거 모르제,
무심하게 꺼내놓던 속마음에
뜨거운 우물이 나를 넘실댔다
중년의 고단함을 기타처럼 둘러메고 사는 녀석에게도
어느새 서릿발 내렸다

복순 언니

들풀 같던 그녀, 과거에 갇혀 산다

겨우 초등학교 졸업장 받았지만
줄줄이 딸린 동생들 입성 보태라고
탁 씨네 양조장으로 보내졌단다
하얀 카라 교복 마주치기 싫어
큰언니 따라 무작정 영등포로 갔단다

미싱공 보조 허드렛일 몇 년에
어렵게 쥔 통장 하나
송아지 사 달라는 아버지에게
통째로 내주고 꺼이꺼이 울었단다
몇 년 모아 엄마에게
천 원짜리 지폐 몇 장 남기고 다 내주게 되었단다

술 담배 안 하고 착해 보이는 남자와
감만동 어느 골목 단칸에 신접 차렸단다
딸 하나 놓고 원양어선 탄 남자 기다리며
라면 한 봉지로 두 끼 버텼단다
수돗물로 배 채우는 미련을 떨었단다

백일 된 작은딸 업고
34평 아파트 분양받아 이사했단다
시댁 식솔들 득달같이 모여들 때 침묵하던 남자
실업자 된 지 몇 년,
관절 마디 쑤시고 아파도
집안일 건너뛰면 죽는 줄 알았단다

그녀에게 해줄 수 있는 최선은
귀에 박힌 푸념 들어주는 일이다

집으로 가는 길

해거름 녘 북덕보
꼴 뜯던 누렁소 데리러 갔다

소가 갑자기 뛰었다
열두 살도 놀라서 뛰었다
소를 잃어버릴까 봐
고삐 잡은 손 놓지 못했다
아버지 불호령 무서워서 질질 끌려갔다

신작로
자전거에 술통 매달고 가는 아재에게
우리 소 좀 잡아줘요
애원했다
미루나무 등걸에 소가 묶였다

벗겨진 신 한 짝
여기저기 쓸려 상처 난 몸
고삐를 꼭 쥐고 벌벌 떨며 집으로 갔다

아이고 저것이 영리한 줄 알았더니만

고삐를 놔 불지,
내 맘도 모르시던 엄마 말에
눈물이 터졌다

나 대신 키득키득

열병식에 참가한
북한 병사처럼 우스꽝스러운
모습으로 앞서 걷는 사내
터져 나오는 웃음
겨우 참았는데 봄까치꽃이
나 대신 키득키득
꽃마리는
수줍은 웃음을
바람 손으로 가리고 있다

새벽달도 쿨럭댄다

층층이 쌓인 콘크리트 몇
이른 하루를 켠다
패딩 점퍼가 집을 나선다
밤새 떨었을 자동차 시동을 켜니 블랙박스는
영상을 녹화할 수 없다는 짤막한 안내와 함께
전원이 나갔다 다시 켜진다
꺼졌다 켜지는 그것처럼 감내하기 힘든
일련의 일들 싹 지워져 버렸으면 좋겠다는,
갈색 앞치마가 느릿느릿 새벽을 쓰는 편의점
24시간 태국 마사지 네온사인
하나로13길 빠져나와 전자랜드 사거리에 멈춘다
신흥정수장 앞길 지나 용제봉
사랑의 동산교회 마당에 들어선다
저마다의 제목으로 묵상기도 중인 아가페실
백발의 권사님은
언제부터 작은 어깨를 들썩이고 있었을까
간청 기도만 수천 번 하다 돌아가는 길
새벽달도 쿨럭댄다

동백꽃은 붉게 울어 詩가 되고

박정인(시인)

‘생활은 깊고 시는 나비처럼 흘러 다닌다. 시처럼 생활하고, 생활처럼 시를 쓸 수 있다면…….’

이는 실로 많은 시인이 꿈꾸는 명제가 아닐 수 없다. 우리는 류미숙 시인의 시에서 바로 이런 세계와 맞닥뜨리게 된다. 류미숙의 시는 시를 써내기 위해 억지로 만들어 낸 작품이 없다. 류미숙의 생활은 그 자체가 시가 된다. 생활을 그대로 옮겨오면 시가 되는 것이다. 따라서 그의 시들은 한결같이 고등어 가운데 토막처럼, 생활의 어느 토막을 잘라내어 접시 위에 받쳐 든 것처럼 담백하고 유려하다. 그 흔한 값싼 수식들도 필요 없다. 수식이 없는 시 또한 많은 시인이 지향하는 시 쓰기이다. 그러나 실제로 수식이 없는 시를 쓰는 시인은 많지 않다. 우리가 시를 쓸 때 가벼운 비유를 앞세운다면, 그 시는 자못 천박한 존재로 전락할 수 있다. 그러나 비유가 ‘새로운 세계에 대한 인식의 전환’이 된다면, 그것이야말로 많은 시인이 꿈꾸는 시 쓰기라고 할 수 있다. 하지만 이는 결코 쉽지 않은 실천적 명제이다.

값싼 수식을 넘어서는 '새로운 세계에 대한 인식의 전환'

결 고운 원목만 보면

무엇을 새겨 넣을까 생각부터 한다는 그녀

지독한 가난으로 한때 보육시설에 맡겨졌단다

아버지가 매혈한 돈으로 연탄도 사고

봉지 쌀도 사 왔다며 어깨를 들썩이던 그녀

악착같이 공부해 교사가 되었단다

애 둘 낳았지만

속 못 차리는 남자 때문에 손목을 그었단다

오랜 병원 생활로 사직서를 냈다며

덤덤하게 털어놓던 그녀, 죽었다 살아났어도

남자는 여전히 한량이단다

살길 막막해 책 외판원도 해보고

닥치는 대로 밥벌이하다가

그래도 교사가 낫다 싶어 5년 만에

재임용에 도전했단다

자기만의 철학을 가지고

교장 자리까지 올라왔다며 소주잔을 털던,

오는 생일날엔 스스로 잔치 하겠단다

퇴직 앞두고 버킷리스트 목록 정해놓고
하나씩 성취해 가는 재미도 쏠쏠하단다

그녀, 톡톡 시간을 망치질하고 있다
—「망치질하는 여자」 전문

류미숙의 시선은 그가 사랑하는 이웃들과 늘 같은 눈높이
다. 이웃과 공감대가 같아 시인이 이웃 자체가 돼버렸다. 류
미숙의 시는 바로 이곳에서 발화한다. 시인은 시의 대상과 입
체적으로 하나가 되었다. 그래서 "결 고운 원목만 보면/ 무엇
을 새겨 넣을까 생각부터 한다는 그녀"가 인생의 온갖 뒤안길
을 돌아 "톡톡 시간을 망치질하고 있는" 것을 발견하게 된다.
발견이 시가 된다는 것은 시 쓰는 자의 기본이다. 하지만
"그녀, 톡톡 시간을 망치질하고 있다"는 진술에 이르면, 그
것은 단지 하나의 진술로 끝나지 않는다. "그녀"라고 쓰고 있
지만, 어느새 "그녀" 자신이 돼버린 시인은 톡톡 시간을 망
치질했으면 하고 응원하고 있다. 류미숙의 시선은 여기에 머
무르지 않는다.

가을도 꾸벅꾸벅
졸고 있는 오후

터지는 하품을
끌고 밖으로 나선다

허리 굽은 노파

아까부터 휘청이고

화초랑 푸성귀가 잘 자랐네요

요것도 사람하고 같지라 사랑을 먹고 살지라

그런디 뉘시라 도규애비 갑째기 가불고 나가 정신이 한 개

도 없소

순간 번쩍 눈뜬 가을

제라늄, 붉은 꽃잎 뚝뚝

—「제라늄」 전문

　가을을 안고 밖으로 나온 시인은 "아까부디 휘청이"는 "허
리 굽은 노파"에게 "화초랑 푸성귀가 잘 자랐네요"하고 말을
건넨다. "요것도 사람하고 같지라 사랑을 먹고 살지라/ 그런
디 뉘시라 도규애비 갑째기 가불고 나가 정신이 한 개도 없"
는 노파를 마주하며 "제라늄, 붉은 꽃잎 뚝뚝" 흘리는 "순간
번쩍 눈뜬 가을"을 만난다.
　사람처럼 사랑을 먹고 사는 노인의 화초와 푸성귀를 보면
서, 자식을 먼저 보내고 쓸쓸한 가을을 맞고 있는 노인을 보
면서, 제라늄 붉은 꽃잎처럼 뚝뚝 눈물을 훔칠 줄 안다.

이웃과 같은 감정의 높이였을 때만 가능한 시인의 제라늄은 가을마다 새로 필 것이다. 류미숙의 시선은 가까운 동네의 이웃에게만 머물지는 않는다.

최저시급
9,860원
광화문 광장
노동자의 절규
일당 400만 원
황제 노역
황 모 씨 일가
그들은 모르지
나라다운 나라에서
살고 싶은 꿈
핏발 선 눈동자를

—「북어」 전문

시인은 "일당 400만 원/ 황제 노역/ 황 모 씨 일가"를 보면서 "광화문 광장"에서 "최저 시급/ 9,860원"을 놓고 벌이는 "노동자의 절규"를 오버랩하면서, "나라다운 나라에서/ 살고 싶은" 북어 같은 "핏발 선 눈동자"를 응원하고 있다.

시인에게 이웃은 집 앞을 나서면 있는 가까운 '이웃'만 있는 것은 아니다. 멀리 광화문 광장에서 최저 시급 9,860원을 놓고, 핏발 선 눈의 '북어'가 돼버린 먼 이웃도 동일선상에서 시선이 머무는 동질성을 공유하는 이웃인 것이다.

시인과 슬픔의 질량을 공유한다는 것

　시인에게 시는 곧 인생이고, 인생은 시다. 시처럼 생활하고 생활처럼 시를 써 온 시인에게 이것은 지극히 당연한 명제다. 그의 이번 첫 시집『붉게 울었던 적 있다』를 읽다 보면 그 가족사를 고스란히 발견할 수 있다.

　그러나 시인은 여기서 어떤 과한 제스처가 없다. 그저 수채화처럼, 이웃들을 이야기할 때처럼 객관적 거리를 유지하고 담담하게 서술해 간다. 이 대목에서 독자들은 '뻔한 슬픔'을 유보하고 어느새 시인과 슬픔의 질량을 공유하게 되는 것이다.

　오늘날 현대시의 발전에 커다란 족적을 남긴 T.S 엘리엇은 "시는 감정의 발현이 아니라, 감성으로부터의 도피"라고 했다. 이 말은 물론 이전 시기 개성을 지나치게 강조했던 낭만주의자들에 대한 비판에서 비롯됐지만, 현대시에서도 매우 중요하게 생각하는 이론이다. 시인은 독자를 울게 만들어야지 자신이 울면 안 된다는 것이다. 시인의 시들은 정확하게 이 부분에 부합한다. 세상에 어느 가족사가 희로애락이 없겠는가? 하지만 이것을 바라보는 시인은 냉정하게 거리두기를 할 수 있어야 한다. 그러나 내 아버지와 어머니, 오빠를 얘기하면서 어찌 그런 관점을 정확하게 견지할 수 있겠는가? 여기서 류미숙 시인의 성숙한 시적 태도가 드러난다.

오빠는 아지랑이 따라갔다

통나무 벤치에
일곱 살 오빠가 아지랑이로 피었다

방죽 수렁에 빠져 죽은 오빠
곡기 끊은 아버지 됫병 소주만 물고 사셨다
귀주야, 내 아들 귀주야
천둥처럼 울부짖던 아버지 환갑도 못 쇠고
고향 집 툇마루에서 낮잠 주무시듯 가셨다

찢긴 몸뻬 바지 산발한 머리
흙투성이 손으로 엄마는 온 산을 헤집고 다녔다
흙마루 끝에 서서 아지랑이 쫓던
엄마 따라 나도 울었다

황소 헐값에 팔고
큰아들 따라 도회로 가셨다
아랫집 주고 왔던 백구 두 마리
빈집에 와서 울다 간다는 소문이 들려오자
나 집에 갈란다 느그 아부지 우리 귀주
가차이 있는 곳에 가서 살란다

　　며칠을 보챘다

　　서리 맞은 호박잎처럼 타들어 간 엄마
　　용케 잘 버텨 칠순을 넘겼다
　　옥양목 홑청이 나비처럼 팔랑거리던 봄날
　　아지랑이 따라가셨다

—「봄날」 전문

　　가족사의 태생적 슬픔을 내포하고 있는 이 시는 시집『붉게 울었던 적 있다』에서 상징으로서 많은 의미를 내포하고 있으며 가장 시선이 집중되는 시다. 생활이 詩고, 詩가 생활인 시인에게는 그때의 사태가 불에 달구어 낙인된 것처럼 각인되었다. 그래서 이 시집의 '백본'을 형성하고 있는지 모른다.

　　이 시에서 아지랑이는 시의 모티브이자 모티프다. "통나무 벤치에/ 일곱 살 오빠가 아지랑이로 피었다" 이 시의 발화점이 된 2연의 이 진술은 담담하나. 그리고 오빠는 일곱 살이었다. "오빠는 아지랑이 따라갔다"라는 1연은 아무런 감정을 담고 있지 않지만, 독자들이 객관적인 이 진술 앞에서 슬픔의 밀도를 더하는 것은 바로 2연의 모티브가 등장하면서다. 그래서 이 무색무취의 이 진술에 독자들은 큰 슬픔의 스테이크홀더(stakeholder)가 되는 것이다.

　　그런 오빠는 "환갑도 못 쇠고", "천둥처럼 고함치던", "고향집 툇마루에서 낮잠 주무시듯 가신 아버지"의 "내 아들 귀주"였다. 또한 "옥양목 홑청이 나비처럼 팔랑거리던 봄날/

아지랑이 따라가신 엄마의” 가차이 있고 싶었던 “우리 귀주”
였다.
　그래서 아지랑이는 이 시의 발화점이자 가족사의 슬픔을
상징적으로 보여주는 모티프이며, 시인이 드러내지 않고 속
으로 슬픔을 삭이는 상징이다. 그러나 어머니는 항상 아버지
를 안쓰럽게 여겼다.

선바위 모퉁이 돌던 날 아버지
막걸릿잔 기울이고 있었다

처마 끝 고드름 지들끼리 두런댈 때
마음 키 먼저 자란 촌뜨기
주파수도 잘 잡히지 않는 라디오를 친구삼았다

비틀걸음으로 고샅 오른 아버지
자전거 부리고 외양간으로 들었다
물에 빠져 죽은 아들 부르듯 소를 찾았다

백구란 놈이 가끔 아버지 신발을 물어뜯었다
말짓거리 한 그놈 부지깽이로 쫓던 엄마

느그 아부지 어질고 정 많은 사람인디
생때같은 아들 먼저 보내고 노상 술이다
그래도 느그는 아부지 미워하면 못 쓴다

귀에 딱지 앉게 들었던 말
느그 아부지 미워 마라

—「느그 아부지 미워 마라」 전문

　"선바위 모퉁이 돌던 날", "막걸릿잔을 기울이고 있었던 아버지"는 "비틀걸음으로 고샅오른 아버지"는 "외양간에 들어", "물에 빠져 죽은 아들 부르듯 소를 찾았던" 아버지를 두고 어머니는 "느그 아부지 어질고 정 많은 사람인디/ 생때같은 아들 먼저 보내고 노상 술"이라고 말한다. "그래도 느그는 아버지 미워하면 못 쓴다"고 "귀에 딱지 앉게" 말씀하셨다.
　세상에 자식을 앞세운 부모의 마음을 어찌 가늠하겠는가? 시인은 이런 아버지를 연민의 정으로 바라보고, 이런 아버지를 못내 안타까워하는 어머니를 동시에 바라본다. 물론 근저에는 오빠가 있다. 그러나 류미숙 시인이 가족사적 비극을 서술할 때는 선 굵은 냉정함을 유지하고 있다. 그것이 독자들이 '뻔한 슬픔'이라는 인식에 머무르지 않고, 시를 깊이 있게 읽어 나가는 원동력을 제공해 준다. 이런 선 굵은 냉정함은 시인 자신의 서사에도 똑같이 적용된다. 체험적 개인사도 담담한 시선은 여전하다.

측은하게 보던 시선쯤 사치라 여겼다
졸졸 꽁무니 쫓던 딸에게
심술 가득한 송동 할매 찬물까지 끼얹었다

속으로 이를 갈았다
천벌 받을 할매 두고 보자

그도 늙어 철들어가고 있다지만
여전히 사방이 벽인 오늘,

—「벽」 부분

"측은하게 보던 시선쯤 사치"라 여기며 담담한 시선으로
세상을 대하던 화자의 딸에게 "심술 가득한 송동 할매 찬물까
지 끼얹었다" 시인은 이 상황에서도 평정심을 잃지 않고 "천
벌 받을 할매 두고 보자"하고, "속으로 이를 갈았다" 그러나
아직도 여전히 요지부동인 상대를 보면서 "여전히 사방이 벽
인 오늘,"이라고 독백하고 있다.

투병 생활과 언어 너머의 체험적 진실

그러나 이런 가족사 못지않게 시인의 몸 자체로 고통의 강
을 건너야 했던, 투병 생활은 언어 너머의 체험적 진실이다.

졸지에 유방암 환자가 됐다
가족력도 없고 정기 검진도 받았는데 언제 암 덩어리가 따
리를 틀었을까
왜 하필 나야, 원망했다, 애원했다, 통곡했다,

밤새 칠흑을 올랐을 그가 지리산 천왕봉天王峯 표지석 앞
에서 펼친 현수막
　'하나뿐인 당신! 류미숙 힘내라'
　그래, 든든한 뒷배가 있다
　파란만장도 꿋꿋하게 이겨 냈는데
　이깟 암세포에 지면 되나
　암만, 가족이 있는데 이겨 내야지

　우격다짐으로 쑤셔 넣는 케모포트 삽입술
　아프다, 아프다고 절규하니 가만히 있으라고 한다
　우라질, 아픔이 아프다고 한 건데
　　　　　　　—「아픔이 아프다고 한 건데」 전문

살아가면서 마음으로 앓는 고통과 몸으로 직접 견디면서
앓는 신체적 고통은 동음이의어다.
마음으로 앓는 고통의 근저에는 추상성과 사랑, 연민 이
런 무형의 아픔들이 죽을 때까지 잊을 수 없는 심연의 골짜기
를 이룬다. 반면 인지할 수 없이 엄습하는 육체적인 고통은
긴 설명도, 사고도 필요 없는 즉각적이고, 감각적인 영역이
다. 이것은 정신의 고통과 맞닿을 수밖에 없다. 그러나 시인
은 이 상황에서도 "밤새 칠흑을 올랐을 그가 지리산 천왕봉天
王峯 표지석 앞에서 펼친 현수막/ '하나뿐인 당신! 류미숙 힘
내라'"를 보고 희망을 붙든다. 그리고 "우격다짐으로 쑤셔 넣

는 케모포트 삽입술" 앞에서도 "우라질, 아픔이 아프다고 한
건데"하는 천연덕스러운 기질을 발휘한다.

 그래서 "한 움큼씩 빠지는 머리카락/ 바리깡으로 말끔히
밀고" 시인은 "나는 삼키고 친구는 울었다"(「나는 삼키고 친구는
울었다」)고 진술한다. 친구는 울었지만 삼킬 수 있는 정신도·이
런 에너지의 잔유량 때문이 아닐까.

>   민머리가 짝짝이 젖가슴을 훤히 드러낸 채
>   방사선사의 지시에 따라 누웠다
>   죽어도 여자가 되고 싶어서 수치스러웠다
>
>   (중략)
>
>   고래가 상처를 입으면 치유하기 위해
>   체내에서 연고처럼 액체를 배출한단다
>   이 액체가 용연향龍涎香이다
>   값비싼 향수의 원료로도 쓰인단다
>
>   상처를 그대로 견디기보다는
>   극복하려고 노력하면 결국
>   하늘의 별이 될 수 있다는,
>   ―「하늘의 별이 될 수 없을지라도」 부분

 방사선사 앞에서 "민머리가 짝짝이 젖가슴을 훤히 드러"

내고 "죽어도 여자가 되고 싶어서 수치스러"운 시인은 "고래가 상처를 입으면 치유하기 위해/ 체내에서 연고처럼 액체를 배출"하는 "값비싼 향수의 원료"로 쓰이는 "용연향龍涎香"을 생각한다.

그리고 "상처를 그대로 견디기보다는/ 극복하려고 노력하면 결국/ 하늘의 별이 될 수 있다는" 인식에 이른다. 간단한 인식처럼 보이지만 '고통의 강을 건너야 하는 언어 너머의 체험적 진실'만이 이것을 가능하게 한다.

역설적으로 객관화 된 대상들과 사유의 경계를 넘어서는 장소애

시인이 마주하는 대상들은 늘 평범하지 않다. 바로 그 대목에서 시가 발화하는 것이다. 그러나 이 평범하지 않은 대상들에서 발화하면서, 한편으로 그것을 객관화할 수 있을 때, 대상들은 역설적 존재로 새로 태어나는 깃이디.

    잠 안 와
    여러 생각이 꼬리를 무는 밤

    어린 자식 데리고 돌아온 큰 애
    젊은 시절 나처럼 손에 잡히지 않는
    미래와 불안을 덮고 자겠다

(중략)

계획대로 굴러가면 삶이 아니지
부딪혀 깨지고 터져 상처 하나쯤 남겨야지

딸아, 잘해 왔고 잘하고 있고
아픔으로 단단해질 거야

―「뒤척이다」 부분

　“어린 자식 데리고 돌아온 큰 애”를 보면서 “젊은 시절 나처럼 손에 잡히지 않는/ 미래와 불안을 덥고 자겠다”고 걱정하는 시인은 “계획대로 굴러가면 삶이 아니지”라고 담담하게 얘기하고 “부딪혀 깨지고 터져 상처 하나쯤 남”기라고 딸을 다독인다. 그리고 “아픔으로 단단해”지라고 역설적으로 딸을 응원한다.
　이런 시인의 진지한 역설 모드는 때로 유쾌한 발화를 하기도 한다.

울울창창 한라산 초입
괴불주머니꽃이 눈인사한다
벚꽃이파리 몇
바람에 실려 내년 봄을 기약하고
오리나무 둥치에 기대선 죽단화
노란 웃음 날린다

저것 좀 봐

한 옥타브 높은 호들갑 못 들은 척

겉옷 벗어 허리춤에 묶고 모자를 벗는다

속살 훤한 정수리에 핀 아지랑이

그을린 손이 헤싱헤싱한 머리칼을 쓸어 올린다

집에 가서 염색해 줄게

무슨, 그냥 생긴 대로 살 거여

성큼 앞서가는 그

머쓱해진 산비둘기 한 쌍이 힐끔, 난다

열꽃 핀 아이처럼 벌건 그가

가쁜 숨 흘리며 비탈을 오른다

터져 나오는 웃음 꾹 참는데

지나던 휘파람새가 휙,

─「오리나무 둥치에 기대선 죽단화」 전문

사랑하는 사람과 한라산에 오르는 시인은 "오리나무 둥치에 기대선 죽단화"가 "노란 웃음 날"릴 때 "저것 좀 봐" 하고 "한 옥타브 높은 호들갑"을 떤다. "그을린 손이 헤싱헤싱한 머리칼을 쓸어 올"리고, "터져 나오는 웃음 꾹 참는데" 시인을 대신해 "지나던 휘파람새가 휙,"하고 휘파람을 날린다. 류미숙 시인의 역설은 때로는 심각하게 또 때로는 경쾌하게 발화한다. 이것은 시인이 앞서 얘기한 값싼 비유가 필요 없을 만큼 역설을 체화한 시인이기 때문이 아닐까.

담담한 생활의 서사는 어느새 깊은 우물에서 걷어 올린 단

우물물이 되고, 독자들은 자신도 모르게 물을 길어 올리는 이웃이 된다. 어느새 시인의 이웃이 된 독자들은 시인의 공간을 함께 공유하며, 무심한 공간과 생명을 탄생시키는 장소로 뒤바꾼다.

'장소애'라는 말을 처음 사용한 미국의 인문지리학자 이 푸 투안은 가치 중립적인 "공간에 우리의 경험과 감정이 녹아들 때, 즉 공간에 의미와 가치를 부여할 때 그곳은 장소로 발전한다"고 그의 저서 『공간과 장소』에서 주장한 바 있다.

시인은 날마다 지나치는 흔하디흔한 공간을 시인에게 독자에게 특별한 의미를 갖는 장소로 탈바꿈시킨다. 그의 시를 읽다 보면 삶의 체험 깊숙한 곳에서 길어 올린, 그야말로 화장기 없는 질박한 언어들이 이 독자들의 마음을 울컥하게 한다. 그때 항상 빠지지 않고 등장하는 것이 장소다. 시에서 장소는 주제 의식을 품고 있는 천연 재료와 같다. 작가는 그 장소를 공기처럼 호흡하지만, 독자들은 이미 제시된 그 장소에서 매우 유의미한 삶의 안식을 얻고 어느새 시 안으로 걸어 들어간다.

따라서 류미숙의 언어는 장소를 떠나서 존재할 수 없고, 그 장소에 독자를 초대하고 있다.

시인의 장소애는 유년의 기억을 소환하는 도구가 되기도 한다.

실내화 주머니가
골목을 끌고 다녀도

엄마,
퇴근 시간 당당 멀었네

초등학교 앞
명랑 분식점
마한 문구 오락기
방방 놀이터
어둠이 문 닫았네

안심 알림이도
등 뒤에서 서성거렸네

—「일곱 살이 서성이네」 전문

"초등학교 앞 명랑 분식집", "마한 문구 오락기", "방방 놀이터"에서 시간을 보내도 "엄마,/ 퇴근 시간 당당 멀었"다. 가치 중립적인 공간을 엄마와 치환시킨 의미 있는 장소로 변환시킨 이 시에서 장소는 단지 사건이 일어난 곳으로 끝나지 않는다. 당당 먼 엄마의 퇴근 시간과 유기적으로 연결된, 유의미한 공간으로서의 장소, 명랑 분식점과 마한 문구, 방방 놀이터는 엄마 안에서 더 커지고 갱생하게 살아있는 장소로 새롭게 태어난다.

류미숙 시인에게서 단순한 공간이 생명력 있는 장소로 탈바꿈하면서, "금마 저수지"에 "해님 놀러와", "물 위에서 춤"

을 추고(「꼬마 시인」), "천호산에서 꺾어온 고사리 넣고", "자박자박 끓"이다가 "눈을 부라리고 있"(「조기 매운탕」)는 조기를 만난다.

"당산나무 아래 양촌슈퍼"에서 "생수 한 통, 에프킬라 사 들고", "서당마을 시부모님 산소로"(「벌초」)가 함께 하늘에 목화구름 올려다본다. 그곳에 "손님처럼" 왔다 간 딸의 모습이 보이고(「딸아, 날이 차다」), "여보, 우리/ 저거 한번 만져보고 갑시다"(「귀신사에서」)라고 "모악산 솔개봉 향해" 서 있는 "남근석"을 향하기도 한다. "딸애 손톱에 꽃물 들이며/ 내 손톱에 붉은 엄마를 들였다(「봉숭아 꽃물」)"가도 "순용재 너머 보나리 즈음"에서 "아부지 내려요 안 내려요" 하다 "여기저기", "웃음소리"가 터지기도 한다. "하루에도/ 몇 번씩 마음이 가는 곳", "부안군 진서면 청자로 호박과 신사 토속 음식점/ 별미 밥상으로 허기를 채운" 뒤 "솔섬 훤히 보이는 바람 섬에서/ 외간 남자와 일탈도 꿈꾸"기도 하는 시인의 영혼은 "단청 벗은 대웅전/ 못 한 개 치지 않은 꽃살문에서/ 비로소 고요해진다"(「변산」)

체험적 사유가 가득한 시에 역설이니 아이러니 같은 기술적 요소들은 이미 필요 없다. 태생적으로 아이러니와 역설을 타고 난 류미숙 시인에게 그깟 기교들은 거추장스러운 장식이고, 외출 시에 하는 부자연스러운 화장이다. 그의 선 굵은 언어들은 사유를 삼투압처럼 번지게 하고, 키 큰 도약은 시 세계의 경계를 넓힌다.